벼름빡 아고라

C P.S 미래시선 3

벼름빡 아고라

한상대 시집

지금은 웃음이 필요한 시대입니다

지금은 라디오시대라는 프로그램에서 읽어주는
'웃음이 묻어나는 편지'처럼
픽 웃음이 새어 나오는 시를 쓰고 싶었습니다.
어이없는 웃음도 좋습니다.
무겁거나 무섭거나 무표정하던 K-얼굴들이
뱃속에서 부글거리면서도 나오지 않아 괴로웠던 방구가
피시식 새어 나오듯,
어깨 위에 쌀가마니 털썩 내려놓듯
얼굴도 펴지고 뱃속도 편해져서
앞에 서 있는 사람도 덩달아 편해지는 상상을 했습니다.
첫인상은 한 번밖에 기회가 없고
부끄럽고 오글거려서
훗날 스스로는 펼쳐 보기도 민망한 시집도
첫 시집을 낸 시인만의 한 번뿐인 권리라고 생각합니다.
그 권리를 애써 떳떳하고 뻔뻔하게 행사하겠습니다.
부디 픽 웃으시고 피시식 편해지시길 바랍니다.
지금은 '웃음이 필요한 시대'입니다.

첫 시집이 나오기까지 묵묵히 응원해 준
사랑하는 아내와 가족들, 달무리 동인회 회원들과
직장 동료, 친구들에게 봄의 향기를 전하며
깊이 감사드립니다.

− 2024년 3월, 봄을 맞이하며

한상대

차례

시인의 말 - 지금은 웃음이 필요한 시대입니다 4

제1부 **개 같은 마누라**

자라섬 꽃 축제 10 / 어떤 눈물 11 / 개같은 마누라 12 / 공분 13

벚꽃 유감 2023 14 / 왼쪽 팔뚝의 기억 15 / 밥 먹을 걱정 16

맨발 걷기 18 / 열두시 19 / 2000 20 / 3C 21 / 도요새 사냥꾼 22

추신: 24 / 공생 25 / 빨래 개는 아침 26

제2부 **속 보이는 여자**

개부럽 30 / 속 보이는 여자 32 / 디어 마이 프렌드 33 / 암 34

놈팽이 36 / 작부 38 / 오래된 겨울밤 40 / 뷰 42

만질 수 없으면 사랑이 아니야 44 / 한숨 46 / 벼름빡 아고라 48

자발적 구속 기념일 50 / 외모 품평 52 / 점잖은 개 54 / 까만 친구 56

제3부   카페 쓰그와

만행의 계절 58 / 쓴다는 것 59 / 휴휴암 60 / 맵닭 62

K.N.G 교수님 우리 교주님 64 / 카페 쓰그와 66 / 역시 역 67

동물학대 68 / 욕의힘 70 / 위험한아름다움 72 / 부정적인사람 74

여행중 76 / 100년된애국자 78 / 있는 거지없는 거지 79 / 쌩얼 80

제4부   칼국수 신사

졌다 82 / 칼국수 신사 83 / 물고기의 사랑 84 / 시인 86

기막힌이야기 87 / 정답말고해답 88 / 두발자전거 90 / 험한세상 92

누나에게받고싶은것 93 / 형님바위 94 / 백수오빠 95 / 차부상회 96

천국행 98 / 똥구멍에털날사람들 99 / 뚝배의억울 100 / 뒤춤 101

아무 102

해설 – 풍자와 해학의 알고리즘을 찾아서 · 김남권(시인) 106

제 1 부

개 같은 마누라

자라섬 꽃 축제

수북수북 수국
보기 드문 보라색과 청색의 유채꽃
백일홍 나팔꽃 안개꽃 백합 금계국도
꽃축제겠거니 했지만
알려지지 않은
하이라이트는 따로 있었다
귀비 양씨 대신
속곳도 고쟁이도 안 입은 삼천궁녀가 바람이 불 때마다
일제히 치마를 얼굴까지
뒤집어쓰고 뒤로 자빠지는 집단체조를 하는데
어이쿠 깜짝이야
깜빡이 좀 넣고 들어와라 이것들아
두 눈 뜨고는 못 보겠어서 깜장 안경 쓰고 봤다
강바람이 작당한
양귀비 아이스케키쇼라는데
얄따란 치마 따위 쉴 새 없이 뒤집고 재낀다
콧대 하난 양귀비도 내리깔고 볼 요즘 그녀들은
꽃 대신 나르시시즘에 빠져
꽃 가리고 얼굴 찍기 바쁘다
사람이 꽃보다 아름답다더니
그 얘기가 그 얘긴가
느지막이 일어난 일요일 아침이 피곤한 건
아마도 지난밤 삼천궁녀 탓이리라

어떤 눈물

한 개의 기쁨이
천 개의 슬픔을 이긴다지만
한 방울 눈물이
천 사람을 울릴 수 있음을
천 편의 시를
눈으로 보아도
건조한 눈에
한 방울 눈물방울
만들어 낼 수 없다고 한다면
눈물 한 방울이
천 편의 시가 될 수 있음을
소수의견으로 반대하겠네
눈물이 시보다 감동 줄 수 있음을
분명 봤노라
말하겠네
믿는 사람 적어도
증인이 되어
양심에 따라
숨기거나 보태지 않고
위증의 벌을 감수하겠네
눈물보다 감동적인 시는 없다고
증언하겠네

개 같은 마누라

야생성은 심심찮게 나타나며
인간에게 친숙하다
돈 냄새를 잘 맡고, 귀가 밝아
나의 까치발 귀가를 놓치지 않는다
사고를 쳤을 땐 급 순해진 눈빛으로 날 쳐다본다
잘 짖지만
잘 짖는다고 좋은 개는 아니지
짖을 때도 물기까진 하지 않는다
대개는 아침에 나갔다가 저녁이면 기어들어 온다
간혹 밖에서 자고 소리 없이 들어와 있기도 한다
데리고만 나가면 환장한다
드물게는 나를 보호해 줄 때도 있다
평소엔 충성스러운 편이지만 내가 배신했을 땐
피 튀기는 복수를 각오해야 한다
서열이 나보다 윈 줄 안다
내 기분을 어느 인간보다 잘 알아준다
만져 주면 좋아한다
나를 개 취급한다

공분 公憤

뱃살 빼는 데 효과적인 음식,
몸에 좋은데 살도 빠져요.
밥, 면, 떡, 빵, 술, 고기 건강하게 먹는 법.
카르페 디엠 막걸리
욜로 곱창
힐링 브레드
웰니스 삼겹
아모르 파티 모둠회
메멘토 모리 오마카세
케 세라 세라 피자
오늘 먹으면 축제
내일 먹거리는 숙제리니
먹고 마시고 맛보고 즐기시라
인류 역사상 처음으로 먹어 대서 죽는 사람이,
못 먹어서 죽는 사람보다 많은 세대가
다 알면서
물어보는
"뭘 먹어야 살이 빠져요?"

벚꽃 유감 2023

벚꽃 저년
인제군 서화면 천도리 황제다방 강 양 같은 년
헤픈 웃음
사방 흘리고 다녔던 년
누굴 꼬셔 보려고
분칠하고
목젖이 보이도록 웃고 있나
기왕 줄 거
홀랑 벗고 준다던 년
기왕 갈 거
흔적 없이 간다던 년
기다리지 않아도 오고
애태우지 않아도 올 년
지천을 반란처럼 휩쓸고
운동장만 한 빈 가슴 남겨 놓은 년
너 그렇게 갈 줄 진즉 알았다
잘 가라 미친년

왼쪽 팔뚝의 기억

시내버스를 탔는데
교생 선생도 타고 계셨다
앉을 자리가 없어서 중간에 선 채로
한 손엔 가방을 팔에 걸고
한 손은 버스 손잡이를 잡고 있었다
웬일인지 버스가 급정거를 했는데
출입문 계단 옆에 서 계시던 선생님이
중심을 잃고 물건처럼 몸이 버스 앞쪽으로 쏠렸다
생각하고 자시고 할 새도 없이 팔을 뻗었다
무례하게도 내 팔로 선생님의 허리를
휘리릭 감아 안았다가 놓아드렸다
난 다시 버스 손잡이를 잡고 창밖을 봤다
선생님도 말없이 바로 섰다
얼굴이 빨개지셨다는 얘기는 친구들한테 들었다
퇴직하시고 할머니가 되셨을 키가 작고
예쁘장했던 교생 선생님의 체중
내 왼쪽 팔이 40년 넘도록 기억하고 있다

밥 먹을 걱정

시립중앙도서관에
책 다섯 권을 반납하고
다시 다섯 권을 빌려왔다
독서가 마음의 양식이라니
열흘 치를 먹고
다시 한 열흘 치 일용할 양식을 구해 온 셈이다
쌀로 치면 서너 되는 되겠고
쇠고기로 치면 꽤 과한 지출이다
도서관에 쌓아놓고
무상으로 제공해도
과식하는 사람은 보기 어렵더라
편식하거나 소식하는 사람 조금
골고루 냠냠 하는 사람 조금
다이어트 한다고 굶다가 마음이 피폐 황폐 퇴폐해진
사람 다수

엘리베이터를 타려는데
대형마트 쇼핑백에 버릴 책을 잔뜩 싣고
분리 배출장으로 가는 이웃을 만났다
저 멀쩡한 양식을 버리다니
경제자유를 얻은 넉넉한 부자가 틀림없으리라
내가 먹을 만한 양식이 버려질지도 모르니
뒤따라가 뒤져봐야겠다
먹다 버린 걸 주워 먹어도 탈 없는 먹거리
감사히 먹겠습니다

맨발 걷기_{earthing}

손보다 흰 발등이
땅 위에 드러났다
햇빛이 눈부실 때
발등도 희게 빛났다
이래도 됐는데 이랬어야 했는데
이러면 안 되는 줄 알았다
한 발 두 발 부끄럽게 내디디니
열 개의 발가락이 기지개를 켠다
만세를 부른다
지구의 입김이 온몸에 스며든다
살 것 같았다
산 것 같았다
이제 맨발을 선언하니
얻는 건 자유요, 잃은 건 습한 감옥이다
버린 건 억압이고,
되찾은 것은 야생이다
소금 하나 바다에 빠져 바다가 되었듯이
신발 하나 벗어 던지고 지구가 되었다

열두 시

사랑한다는 말이 쑥스러워
달이 참 밝다고 했던 사람이 있었던가요
나, 보고 싶고 만나고 싶고 하나 되고 싶다는 말 대신
열두 시 하자고 하렵니다
그러면 그대도 고개 끄덕이실까요
큰 시곗바늘과 작은 시곗바늘이
열두 시 정각에 만나 하나 되는 그 순간처럼
만나고 싶단 나의 신호
눈치채실 수 있을까요
열두 시 정각의 시곗바늘처럼 숨차게 달려가 만나서
하나이고 싶습니다
이제 열두 시는 동사예요
만남과 열두 시는 이음동의어
오늘 시계탑 앞에서 열두 시에 열두시 해요
열두시 하자고 하면 달이 밝다고 해주세요

2000

술을
입에 안 댄 지 2,000일째

입술은 대지 않은 것은
기억도 안날만큼 오래된 일

술 끊기로 작정한 2017년 12월 1일을
왜 새기고 카운트를 하는 것은

4.19
5.18
5.24

6.25
8.15를
빨간 동그라미 치고 잊지 않는 것처럼
잊지 말아야 할 것을
잊지 않기 위함이고
맨정신으로 살아온 하루하루
낙엽처럼 때론 은전銀錢처럼 쌓이는
내 인생이다

3C

몇 등급이나 받으려나
좋은 등급을 받으려고 기름기 쫙 빼고
아침 일찍 심사대에 올랐다
체중의 5% 정도 감량해서 마블링이 현저히 나빠지고
다즙성 감소에 육질도 좀 질겨졌을 거라 생각된다
강제 사육했을 때보다 동물권 증진에 신경을 썼다
전체적으로 사료량을 줄였다
육식은 줄이고 섬유질 채식은 늘렸다
혈압 121 65, 육량 63, 키는 173 성장하지는 않았다
우리에서 풀어놓고
공원과 둘레길을 지치도록 뛰어다니게 해주었다
때때로 좋은 음악을 들려주고
평점 높은 영화와 풍경을 보게 했고
양서를 읽어 정서에도 신경을 써주었다
라면과 빵을 주지 않고
저녁 식사 이후의 사료는 배급을 금지시켰다
재검을 통과하고 사료를 기다리며 생각한다
아무쪼록 누군가 잡아먹는 데 지장이 없어야 한다

도요새 사냥꾼*

다가갈 땐 뱀처럼 낮게 더 낮게
격발은 단 한번의 눈 깜빡임 없이
호흡은 3분의 1만 남기고
독수리 같은 발톱으로 직후방을 당긴다
원샷 원킬, 널 보내고
오발이면 내가 간다
풍속과 풍향
습도까지 계산 완료
숨 막힐 듯한 고요조차
나에게 유리하다
긴 사거리
반짝이는 실탄 한 발
일직선을 그리며 날아가는 것을 난 볼 것이다
조준경 속의 너는 웃고 있다
네 눈엔 나만 안 보이고
내 눈엔 너만 보인다
새들도 내 머리 위에 앉고
허기진 짐승들도 나를 스쳐 지나갈 뿐
귀신도 눈치채지 못했다

---

* 저격수를 뜻하는 영어 단어 '스나이퍼'(Sniper) 자체가 원래 스나이프(Snipe)라
는 자그마한 도요새를 쏴서 잡는 사냥꾼이라서 '명사수'라는 말로 쓰인 것이다.

냄새와 눈빛도

눈 감은 카멜레온이 되어

숲속에선 나무가 되고

눈 속에선 더 빛나는 눈일 테니까

네가 빛을 봤다면

이미 늦었다

지상에서의 마지막 순간

고스트가 괴물에게

잠깐의 망설임 없이

고통 없는 자비를 선물한다

신의 가호가 있기를

3… 2… 1… 0

클리어

참았던 숨을 소리 없이 내 쉰다

추신:

당신이 오늘 아침 한 말
식사하고
출근하는 그의 등 뒤에서
'잘 다녀오세요'라고 했던 말
아침을 준비하는 아내를 등 뒤에서 안아주며 했던 '사랑해'라
고 한 말
학교 가고 도서관 가고 헬스장 친구 만나러 가는 아들딸들에게
했던 말들
엄마에게 '난 엄마처럼 살지 않을 거야'라고 했던 말
'아빠 날 좀 내버려 두세요'라고 했던 말들
말끝엔 꼭 '사랑해요' '사랑한다' '사랑합니다' '내가 너보다
더 많이 사랑한다'고 말해주세요
말은 사라지지 않습니다 유언처럼 남습니다

공생

모기가 극성일 땐
배불리 먹여 재우는 것도 방법이다
밤새 소주병 서너 개를 옆에 놓고
길바닥에 주저앉아 소란을 피우다
이제야 드러누운
남자의 팔다리엔
긁어서 발갛게 피와 엉겨 붙은
모기 회식의 흔적이 남아있다
아마 혈중 알콜 농도 0.2% 이상의 피를
단체로 마시고 극락을 맛보았으리라
피도 고마운데 술까지 보시하는 인류라니
그를 집으로 데리고 가서
술주정 몇 마디를 더 들어 주다가
그늘진 마당에 눕히고
베개를 만들어 받혀 주었다
숱한 모기들 먹이고 달래서 재우느라
수고했으니
당신도 이제 주무시라
모기들의 엄마 같은 사람아
난 이렇게 당신을 재우고 남편 같은 사람으로
같이 산다

빨래 개는 아침

차이콥스키 6월 뱃노래를 배경하고
피아노 연주와 같은 속도로
빨래를 갠다
마누라 빤스는
세로로 반을 접고
가로로 두 번 접어 개서 쌓고
뒤집혀 있는
아들과 나의 빤스는 한번 뒤집어
가로로 두 번 세로로 두 번 접어 쌓는다
헤어진 채
서로를 찾고 있는
양말들은 다시
헤어지지 못하도록
발목끼리 묶고 페이크 삭스는 포갠다
아침이면 제각각
일터로 헤어지는 식구들처럼
양말 빤스 난닝구를
각자의 옷장 서랍장에 얌전히 넣어준다

내일 아침이면
그들과 함께 떠날
같은 운명의 옷과 양말들
만지는 손길이
병아리 쓰다듬듯
조심스럽다
명품음악이 빨래 개는 손길을
건반 위의 손가락으로 레벨 업 시키는 아침

제 2 부

속 보이는 여자

개부럽

공원을 산책한다고 생각했다
'출입금지'
잔디밭엔 들어갈 생각도 못 했다
읽지 못하는 개들만 입장이 가능하다
출입금지 푯말 정도는 가볍게 개 무시하는구나
풀밭에 똥도 싸는구나
개 팔자 상팔자라지만
온 세상을 다 화장실로 쓰는 넘은 너뿐이로구나
네 화장실을 조심조심 지나가며 산책을 한다
개 같던 세상이 개판 되는 거 아니냐
개 같은 놈보다 네가 낫구나
너는 칠, 팔월 복날만 무사하면 되지만
사람 목숨 사시사철 위태롭다
언제 개털 될지 모른다

잘못을 해도 개새끼 소리 한마디 듣는 걸로
손해 없이 퉁칠 수 있는 니가 또 부럽구나
어쩌다 사람을 부모로 두고
개 족보가 되었는지 개 엄마, 개 아빠가 지천이고
개 오빠, 개 누나도 있더라
아무개 딸은 개딸이라던데
개라도 길러야 요즘 사람 되나
부러울 게 없이 살다가
요즘 개가 부러워진다

속 보이는 여자

옥수수 삶고
멸치 볶아 먹게 해놓고
후다다닥
까치발 구두에 꿰고
현관문 반쯤 여는
마누라의 머리채를
내 말 한마디가 낚아챘다
등 뒤에 부라자 다 비친다
분홍색 남방에 검은 부라자
속 다 보이는 여자는 별루야
아이 시팔 늦었는데
바빠 죽겠는데
다시 뛰어들어 와 옅은 색 브라자 하나
핸드백에 챙겨 넣고 뛰어나가는 등 뒤에
말 한마디가
등을 밀어준다
뒤에서 보면 아가씬 줄 알겠다
안 봐도 훤한 마누라 웃는 입술

디어 마이 프렌드

편지가 사라진 뒤
그리움이 사라졌다
사랑하는 것보다 행복하던 기다림이 사라졌다
봉투에 담아 보내던
첫눈과 키스와
별과 달과 꽃과 눈물이 말라 부스러졌다
눈물 찍던 손수건이 사라졌다
네 잎 클로버가 사라지고
첫눈 오는 날 만나기로 한 사람이 사라졌다
손 글씨가 사라지고
dear my friend로 시작되던
분홍색 편지지가 사라지고
등 뒤로 편지 감추던 수줍은 소녀가 사라졌다
위문편지 받을 장병이 사라지고
수취인불명으로 반송되던 편지가 사라졌다
이만 총총이라던 예쁜 끝맺음 말도
말줄임표만 남기고 총총… 사라졌다
우체국도 에메랄드빛 하늘도 빨간 우체통도
애정결핍인 사람들도 그대로인데…

암癌

그릇 器라는 한자엔 복 땜으로 개고기 뜯는 행복한
입이 있다*
암癌이라는 한자엔 산처럼 쌓인 음식 앞에 머리를 들이대며
게걸스레 먹는 식탐이 보인다

바위처럼 무거운 마음으로 병들어 누워있는
어두운 그림자가 있다

시기와 모함을 하고 거짓을 전하는 아우성과
없는 호랑이를 만들어내다
발암물질이 되어버린 위정자의 모사가 있다

탐욕스럽기가 돼지도 놀랄 먹방
푸드포르노 배우들이 사라진 자리에
빈속의 배고픔을 즐기고
소금 친 감자와 옥수수도 성찬으로 감사하는
입이 늘어나기를 소망한다

---

* 이정록 식구

악질 cancer는 못된 세포보다 잘못된 식사나
영양실조로 사망하는 경우가 훨씬 많다니
잘 먹는 일이 잘 사는 일이다
입 두 개 덜었지만
울 哭엔 눈물 흘리는 서러운 입이 남아
소리 없는 곡을 하고 있다

놈팽이

작부酌婦와 시시덕거리고 싶다
마누라 몰래 슬쩍한 은가락지 대신 주고
막걸리 받아 마시며
뽀얗게 분 바르고 내 오른쪽에 앉은 너의 가슴팍에다
엉큼한 손 쑤욱 집어넣고 싶다
그러면 너는 기겁을 하며 내 등짝에
스매싱을 날리면서도 싫지 않은 낯빛으로
양은 술상을 젓가락이 부러져라 두드리며
뽕짝 메들리를 연달아 부르고
따라 부르다 나는 잠이 들 것이다
새벽에 눈을 뜨면 너는 없고 속은 쓰리고
문을 열고 마루 위에 서서 마당에다
몸 부르르 떨며 오줌을 갈기다가
하얗게 눈 쌓인 골목길을 나설 것이다
집 나갔던 똥개, 집이라고 웅크리고 기어들어 와
마누라가 집어 던지는 신발짝이며
플라스틱 빠께스를 굳이 피하지 않고 맞다가
이불 속으로 기어들어가 눕는다

지난밤 작부와의

풋 연애를 기억해 내며 혼자 웃다가 잠이 든다

엉덩이가 데는 줄도 모르게 단잠을 자는 동안

꿈속에서 난 또 그 짓거리를 하다가

해가 중천에 뜰 무렵,

장터로 향할 것이다

작부 酌婦

내 이름 白花
분 바른 얼굴이 흰 꽃 같대서 붙은 이름이다
"민증 까면 이점례, 즘녜라고 불렸어
빚지고 싶어지는 사람이 어딨겠냐구 씨팔,
순정 바치고 청춘 바치고 돈까지 바치고 나니까
남은 게 빚뿐이더라."
그것까지 바치고 싶었는데
받는 놈 하나도 없더라
스물아홉이라고 우기는 서른넷
몸은 낡고 마음은 삭았다
똑바로 눕지 못한 채 잠들었던 시간들
오늘 밤 술잔엔 입만 대고 밑에 버릴 테야
새벽이 오면 다들 빠이빠이다
엄마 얼굴… 친구들…
골목골목 지붕 낮은 집들,
꿈속에선 몇 걸음 앞에 보이는 고향이지만
이 꼴로는 못 간다
망할 놈의 도시
스카프 뒤집어쓴 내 모습이
안개 낀 플랫폼 CCTV에서
마지막 행적으로 남겠지만 누가 알아보랴

공장을 다닐 테야
못이 박힌 떳떳한 손으로 엄마 품에 안겨
소리 내어 울어야지

오래된 겨울밤

겨울밤 긴 밤
울 엄마 소화 안 되신다며
숟가락으로 무 갈아 드시고
아부지는 투전판에 가신 지 며칠째
빨갛게 된 토끼 눈으로
하꼬방 같은 집,
손바닥만 한 묵밭 홀랑홀랑 잃으시며
화병 키우시던 밤
화롯불도 이젠 꺼지고
남포등 불도 꺼져
창호문 밖엔
면도날 같은 바람이
벼 벤 논 볏단 위에
양철지붕 처마 밑에
망나니 미친 춤추고
문풍지 소리
화라라라락 화라라라락
목화솜 광목이불 속
열두 개의 시린 발은
아궁이 가까운 구들장 위에서
새까만 발가락 꼬질꼬질하게
꼼지락 꼼지락

머리맡에 스텐 그릇 물은 살얼음
천장 위의 쥐떼들은
염치 모르고
밤새 후다닥후다닥 뛰어다니는데
한 이불 속 우리 어린 형제들은
저마다 다른 꿈을 꾸면서도
부채꼴로 누워서
커다란 이불 부채 하나를 만들었었다

뿌

자세히 보면
부부다
허니문도 끝났는데
부부가 딱 붙어있다
예뻐는 보이는데
발음이 어렵다
뿌라니
나란한 두 어깨는
평등 공평 뽕이라는데
또 발음이 어렵다
실은 마음이 불편한 것이다
둘 사이에 공간이 없으니
장난감 플라스틱 나팔에서
겨우 바람 새는 나오는 소리가
뿌우 하고 나는 것이다
옳거니
붙어있다가 마찰이 생겼구나
그래서 불협화음을 내는구나
부부라도
감추고 싶은 비밀 하나씩은 있는 법
팔다리 뻗을 작은 공간 하나 정도
필요했던 거다

민낯에 군살도 성깔도
이제 서로가 부끄러운데
숨길 데가 없다
비밀도 비상금도 비장의 무기 하나도
숨길 데가 없는 것이다
머리에 뿔이 나고
눈물을 흘리고 있지 않은가
부부 일심동체라는 말은
부부 이심개체로 달라져야 한다
부부는 부, 한 칸 띄고 부
부, 부로 쓰고 읽혀야 한다
부~~부~~~
커다란 소라 나팔 소리가
공간 속을 훨훨 날아가고 있지 않은가

만질 수 없으면 사랑이 아니야

만지며 살자
집에서 충분히 만지고 나오자
애먼 사람 만지지 말고
식구부터 만져주자
입으로 손으로 몸으로 부비자
가슴으로 어깨로 등으로
서로의 몸을 스치자
원숭이처럼
고양이처럼
새처럼
핥고 빨고 문지르며
서로를 그루밍하자
코로나도 끝났으니
접속하고 접촉해서
거리 제로 만들자
손으로 닿지 못하는
마음까지
만져지도록
love is touch, touch is love
말로 하는 사랑보다
몸으로 하는 사랑을 하자

속삭이는 사랑 말고
부비적거리는 사랑을 하자
마음의 거리도 제로가 되도록
맨손만으로 충분한 그런 사랑을

한숨

아버지는
한숨을 쉬어야 한다
열 번이고 스무 번이고 내 쉬어야 산다

아버지의 한숨엔 나쁜 성분이 함유되어 있다
치매 유발 물질 아밀로이드 베타
알코올 대사 물질 아세트알데히드
분노의 아드레날린과 코르티솔들이
안개 속 중금속처럼 섞여
미스트처럼 뿌려지는 것이다

머리맡까지 당도한 가겟세와
주담대 원금 이자 상환, 실업급여를 시럽급여라는
위정자들과 철부지 자식까지 원인물질이 도처에 있다
삼십 년 된 경유차처럼 속을 산화시키며 살아오다
불완전 연소된 검은 정신의 배기가스를
배출해야 하는 것이다

아니다,
한숨은 쎈 척하던 의지로도 감당할 수 없어
생각지도 못한 곳에서 노인의 방구처럼
힘 빠진 괄약근을 새 나오는 것이다
녹물 같은 눈물과 함께 새어 나오는 것이다

누구라도 그의 어깨에
따뜻한 손바닥을 얹어 주어야 한다
담배연 기처럼 길고 먼 한숨이 그를 살릴 것이다

눈물도 자기가 살려고 나오는 것이다
아버지의 울음과 한숨과 코골이 기침 트림 방귀 가래
으으으음…
나도 모르게 내뱉는 신음소리까지도
허용해야 하는 것이다
생존반응은 살려는 반응이다

아버지를 살려야 한다
질식사나 폭사를 막아야 한다

벼름빡 아고라

안 되면 되게 하라
특전사 출신 아빠가 써 붙였습니다

하면 된다
해병대 출신 아들이 댓글을 답니다

되면 한다
군대 안 간 딸이 대댓글을 답니다

해보긴 했나
엄마가 덧글을 씁니다

일하지 않았으면 먹지도 말자
교회 다니는 엄마가 써 붙였습니다

많이 먹고 열심히 일하자
아빠가 썼습니다

적게 먹고 조금 일하자
밑에 아들 댓글이 달렸습니다

조금 먹고 많이 싸자
딸이 썼습니다

자기가 먹은 밥그릇은 자기가 씻읍시다
엄마가 싱크대 위에 써 붙였습니다

그 밑에 아빠가 써 놓습니다
설거지도 웃으면서 하면 놀이가 됩니다 ^^

아들도 그 밑에 씁니다
안 하는 게 더 즐겁습니다

딸이 썼습니다
즐거운 건 양보할게요
- 효녀 -

자발적 구속 기념일

29년 된 결혼 시계를 꺼냈습니다
카리타스라는 이름의 금딱지 시계

황금처럼 변치 말자고 디자인 같은 누런 손목시계를
나눠 찼었지요

유행가 가사처럼 시계는 고장 나 멈춘 지 오랩니다
서랍 깊숙이 두었던 시계를 이날 한번 손목에 차 봅니다
차가운 금속 시곗줄에 정신이 번쩍 듭니다

스무아홉 해가 지났고 세월은 시계보다 빨리 흐를 거라고
지금 쓰는 것 중에 제일 비싼 게 시간일 거라고
냉정한 조언을 합니다

처음처럼 마주 앉아 눈을 감고 서로의 손바닥으로
머리카락과 얼굴과
등허리를 쓰다듬습니다

탈색된 머리칼과 선명한 주름도 손바닥을 어루만집니다

거울처럼 마주 보다 거울이 되어
눈감아도 손바닥으로 볼 수 있는 세월이었습니다

꽃길은 늘 짧았고
진흙탕 길은 길었지요

이제 우리가 달라져야 할 것은
몸이 그런 것처럼 말과 귀가 유순해지고
길게 대화하고 손잡고 팔짱을 끼고 걷는 시간이 늘어나길
지난날보다 사랑한다는 말을 서슴지 않게 하는 것입니다

외모 품평

어느 시인으로부터
시인 같은 외모라는 품평을 들었다
신 같은 외모였나

남성시인의 평균 외모는
희다만 검은 머리
피골이 상접한 마른 체형
기름기 없고
주름 잔뜩 깊은 얼굴인가

이런 견해는 어디서 유래됐을까
닮은 시인을 검색해도 없다
몇몇 내가 아는 시인은
불면과 고독
시력은 나빠도 시선이 맑은 눈
말 한마디에도 신중한 어휘를 사용하고
불필요한 말은 하지 않으며
글을 다듬는 솜씨가 있고
개성과 새로움
깨어있고 진지하려는 정신이 장착되어 보이는
외모였다

가난해야 시가 써진다니
궁핍 모드도 포함해야 하나
시가 시원찮아
성형도 고려하게 되는
시인의 외모
장님의 외투

점잖은 개

개는 점잖다
짖을 때 짖고 다물 때 다물 줄 안다
잘 짖는다고 좋은 개가 아니라는 걸 안다

그 개가 짖지 않는다
몸을 둥그렇게 말고 엎드려
밥그릇도 킁킁 냄새만 맡고 고갤 돌리더니
아예 마루 밑에 들어가 나오질 않는다

백구야 도끄 메리 쫑 해피
쥔이 갖은 재롱을 떨어도 한 번 쳐다봐 주곤
꿈쩍 않는다
하, 이 새끼가 어디 아픈가

다음 날도 그다음 날도 나오지 않던 개가
기어 나왔다
홀쭉해진 배로 밥그릇을 핥고
눈곱 낀 까만 눈으로 올려다보며
꼬리를 살랑였다
혼자 장염을 치유하고 나온 것이다

다시 뼈다귀를 어금니로 깨물고 송곳니를 문지르며
고물장수인 척 들어오려는 도둑을 보고 짖어대기 시작했다
아랫동네 윗동네 마실을 다니며
흘레붙을 개를 물색하고 꼬마들의 돌팔매를 피해 다녔다

비 오면 허리가 끊어지도록 잠을 자고
주둥이가 찢어지기 직전까지 혀를 내밀고 하품을 했다
요기가 봐도 완벽한 아도 무카
스바나 아사나를 보란 듯 시범을 보였다

열 달도 넘게 남은 복날을 계산해 놓고
개편한 세상을 살고 있다

아픈 개는 짖지 않지만
개는 또 짖을 때가 개답다

까만 친구

까마귀를 보면 생각나는 친구가 있다

검고 유난히 굵은 머리카락이
까마귀 깃처럼 윤기 나던 친구
먹이 많이 쪼았냐고 물어도 웃고
악수를 하며 까악 까악 해도 하얗게 웃던 친구

오랜만에 카톡으로 안부를 물었다

"까아악 까악?"
"까아르 깍깍?"

"까악 깍깍깍깍."

제주엔 바람이 많으냐
옆지기는 잘 계시냐
몸은 좋으냐 안부를 묻고

건강해라 잘 지내라는 인사까지
까마귀 소리로 적고 카톡방을 나왔어도
말이 아쉽지 않았다

제 3 부

카페 쓰그와

만행의 계절

참치를 알면 참치를 참할 수 없지
죽지 않기 위해 죽도록 헤엄치다 죽은 참치
참을 수 없는 맛이라며 저며낸 그 살을
입안에서 살살 녹는다 말하면 수은에 입이 굳는다
참치 눈물주 한 잔에 참치의 한 생애가 찰랑인다

중증 고지혈증 흰 기름 잔뜩 낀 저 붉은 살
육즙이 예술이라며 군침 흘리게 하는 소고기 먹방
미오글로빈 단백질 질척이는 소의 살코기를
내 허벅지살 둑 떼어내 먹일 자신도 없으면서
소의 사체를 먹겠는가
불에 구워도 소의 사체 타 죽어도 소의 사체
한우축제는 방탕한 살육제

비싼 라면을 먹으려고
받침으로 쓸 시집 한 권을 준비한다
16시간을 비워 둔 위장을 식탁 앞에 대령하고
방금 도착한 시집을 냄비 밑에 받친다
입으로 시를 먹고 천년의 바람이 새나가지 않게
입을 다문 수행을 한다
만행으로 버리고 비우는 마음 한 페이지 무게만큼
얻을 수 있을까

쓴다는 것

가만히 두면 저절로 떨어질 나뭇잎을
비바람이 괜히 흔들었다
숲속 산책로에 갈퀴를 들고 들어섰다
낙엽 쓰는 재미가 돈 쓰는 재미 이상이다
누군가 나보다 먼저 쓴 빗질 흔적이 반갑다

비라는 붓으로 길에 뭐라고 썼을까
같은 마음으로 비질을 했을 거라 생각하지
알지도 못하는 도반과 이심전심이다

비질이든 갈퀴질이든 낙엽을 쓸다 보면
마음을 보게 된다
실은 제가 좋아하면서도 누가 알아줬으면 하는 마음
수고하신다는 말 한마디에 금세 기분이 좋아 헤벌쭉해지는
마른 잎만큼 가벼운 마음이 보이는 것이다

쓸고 나서 깨끗해진 길을 보며
거울로는 볼 수 없는 환해진 마음도 본다
그런 마음들이 쓸려진 산책로처럼
사라진 빈 마음도 종종 보게 되는 것이다

쓴다는 건
가만히 두면 저절로 사라진 마음을 괜히 쓰는 일이다

휴휴암

임시거처 휴휴암에 계시는 부처님이
심심풀이로 잡아 놓은 우럭 세 마리를
보석금 1만 원을 내고 석방시켰다

세상에 태어난 죄로
법정 최고형을 선고받고

미결 구류 중인 피고 물고기
죄는 부처가 짓고
벌은 고기가 받고
뒷수발은 중생이 책임지는데

잡았다 놔주는 게 방생이면
평생 몸속에 잡혀있다가
저 세상 가는 날 나도 방생될까

아버지 어머니는 왜 날 붙잡으셨을까
밧줄로 꽁꽁 묶으셨을까

거울을 보고 내가 내게 물어본다
나는 또 왜 같은 죄를 물려주고 있는 건가

거울은 거울에게나 물어보라며
등 돌려 앉는다

맵닭

K여사 매운 닭도리탕이라는 요리로 시를 짓는데
제목 맵닭이라고 먼저 쓴다

미리 완성된 요리를 떠올려 보고 사용할 단어를 준비한다
순서가 이게 맞나

감자 표고 새송이 당근 양파 고추 매운 걸로
소재를 쓰다가 제일 중요한 주제 닭이 빠진 걸 알고
혼자 웃는다

엉성한 시인도 시는 쓰더라
요리사만 요리하냐며 계속 쓰는데

크지 않은 10호 닭쯤으로 토막 내서
큰 냄비에 물을 반쯤 끓이다가 닭을 푹 담가 데치고

불필요한 미사여구 조사 부사 같은 것들 필요 없다며
잔털을 뽑는다 지방을 제거한다
담백한 요리를 먹인다는 게 평소 나의 시 철학 아니겠는가

양파 감자 당근은 음미하게 좋게 깍뚝 썰기,
대파는 어지간히
손가락 길이로 넣었는지도 모르면서 느낄 수 있도록
설탕 세 스푼 첨가

얼추 모양은 됐다
그까짓 거 한두 번 쓰는 시도 아니지 뭐

색깔 있는 시가 감상하기도 좋으니 굵은 고춧가루 듬뿍
간은 평소 주관대로 간장으로 대충 맞추고
낭송하듯 국물을 떠먹어 본다

뚝딱 시 한 냄비를 완성했다
평가는 입맛 단순해서 다행인 식구들에게 맡기고
퇴고는 생략하는 자신감 하나
앞치마 두른 채로 소파에 벌렁 드러누워
티비 리모컨을 집어 드는 한류 K-여사

K.N.G 교수教授님 우리 교주教酒님

내가 먹는 음식이 나다
내가 먹는 음식을 경배하라

막 거른 술
거르지 않고 드시는 우리 선생님

막걸리로 이룬 몸
막걸리병이 닮았다

물고기가 물의 모양을 닮듯 이는 우연이 아니다
선생님 몸에 막걸리가 반이다

굵직한 목소리
막걸리 한 잔에 윤기가 돌아
시도 술술 강의도 술술 나오지 않더냐
오래되고 발효되어 스스로 명품 코랴 와인이 된 것 아니냐

제자들 한 잔씩 얻어 마시려 내미는 잔에
아낌없이 한 잔씩 따라 주신다
걸傑, 걸乞, 걸Girl

혓바닥이 싱싱한 교주님 이르시되
너희는 모두 이것을 받아 마시라
이는 너희를 위해 바치는 내 몸이며
사제관계를 씨줄과 날줄로 엮는 촘촘한
자음과 모음이니
詩로써 나를 찬양하라

카페 쓰그와

달달하게 살아보지도 못하고
설탕 안 넣은 커피라곤 생전 처음 마셔봤을 건물주 할머니

딱 한 모금 마셔보고 대번에 한마디를 내 땅바닥에 내뱉었는데
"이런 녜미 쓰그와!!"

'쓰당게, 서브로, 씨구와, 쓰급다, 쓰제이'로는
대체할 수 없는 카페 이름을
욕 같은 할머니의 말 한마디에서 공짜로 쏙 뽑아내

가게 이름으로 걸어 놓고
카페 젊은 주인 부부 달달하게 산다

역시 역

역에는 지금도 뛰는 사람이 있구나
마중 나와 플랫폼 쪽으로 목을 빼고 서서
방문객을 기다리는 표정 살아있는 옛사람들이 있구나
갈 곳 있는 사람들이 있구나
저마다 택시 승강장 쪽으로 주차장으로
생각 한가지씩을 메고 들고 끌며 바쁜데
기차는 잠깐 멈춰 물고기 알 같은 사람들을
까맣게 뿌려놓고 표정 없이 떠난다
역사는 새로 지었지만
역사처럼 오래된 사람들
익숙한 발걸음으로 빠져나간다
멀리, 멀어지는 기적 소리처럼

동물 학대

개새끼를 걷어찼다
동물 학대 아니냐
개가 먼저 물었다
개하고 싸웠냐
정당방위였다
오죽하면 물었겠냐
오죽하면 걷어찼겠냐
그래도 사람이 어떻게 개를 차냐
너는 개편이냐
난 공평하다
그럼 내가 개하고 같냐
그럼 뭐가 낫냐
음식을 걷어차냐
너도 개새끼다
뭐 이런 개 같은 경우가 있나

오랜만에 개를 시원하게 걷어차 봤습니다
만만한 게 개새끼였는데 개 엄마 개 아빠도 많고
개 같은 사람 새끼나 사람 같은 개새끼도 많아서
함부로 개를 걷어찼다간 사람값 무는 세상이 됐습니다

개 같은 사람 걷어차도 사람값을 물어 줄 때는
억울하기도 합니다만

욕의 힘

이년 저년

쌍놈 새끼

아 정겹다

모욕죄는 무슨 모욕죄

맘껏 내질러도

암만 들어도 모욕은커녕

목욕한 기분 아닌가

우린

이녀느 기집애

저 노무 새끼들의 자식들이다

시원한 등짝 스매싱 더 하면

안주 하나 추가한 막걸리 상이다

누가 내게

등 뒤에서

걸게 한번 욕해주면

걷는 걸음에도 힘이 들어가겠다

그 욕 한번 찐하게 얻어먹고 싶다

위험한 아름다움

아름다운 것은 위험하다
인권이 위험하다
민주는 피를 먹고 자란다
정의도 총칼로 실현된다
아름다운 음악이 위험하다
술과 약물처럼 중독된다
금메달은 위험하다
피와 땀과 눈물 없이 목에 걸 수 없다
평화는 위험하다
전쟁준비 없이 지킬 수 없다
믿는 도끼는 위험하다
늘 발등을 찍는다
신은 위험하다
온갖 재난을 준비해 두었다
아름다운 곳은 위험하다
절벽 위에서 내려다본 계곡과 바다가 아름답다
산꼭대기에서 본 마을이 아름답다
고층아파트에서 내려다본 행인들이 아름답다
비행기에서 본 육지가 아름답다
우주에서 본 초록색 행성 지구는 창백하다
아름다운 사람이 위험하다

예수는 위험한 청년 십자가에 매달렸고
소크라테스는 위험한 현인 독약을 받았고
오쇼와 제자들은 위험하다며 추방당했다
잔 다르크는 화형되었고
체 게바라는 처형됐다
위험한 것은 아름답다

부정적인 사람

티브이 안 봅니다

골프 안 칩니다

걱정 없습니다

살 안 쪘습니다

잔소리 안 합니다

야식 안 먹습니다

야동 안 봅니다

당구 안 칩니다

술 안 먹습니다

담배 안 피웁니다

애인 없습니다

과속 안 합니다

도박 안 합니다

비자금 없습니다

빚도 없습니다

변비 없습니다

게으르지 않습니다

재미없습니다

어쩌다 부정적인 사람이 되었을까요

여행 중

젊었을 땐
멀리만 떠나려고 했다네
여기만 아니면 됐었지
끝이 있다면 땅끝까지라도 갔다가
지구가 정말 둥글다면 되돌아올 수도 있으리라 생각했네
치악산 비로봉에 해가 뜨면
해가 발돋움 시작하는 저 산 너머가 궁금했네
더 높은 곳이 안 보일 때 까지
세상을 내려다보고 말겠다고 했었지
높은 산 초고층 빌딩 전망대에서 내려다보니
과연 좋았네
비행기에서 내려다본 구름도 밟고 싶을 만큼 좋았고
해를 좇아 바닷가에 이르렀어도 좋았네
태평양도 건너보고 대서양에서 수영도 했네
카프리의 바닷물은 아름다웠고
유럽에서 본 백야도 신기했지
머리에 가슴에 추억과 사람들의 친절함을 느꼈지만
돌아와야 했어
어디에도 계속 머물 수 없었네
아직 더 걸을 수 있고 떠날 수 있지만
이제 가장 먼 곳, 가장 높은 곳은 아니라네
돌아오기 위해 떠난다는 여행의 이유를 알았고

여기 오늘 밤도 일박하는 여행지라는 것과
만나는 사람 모두가 여행객이었다는 걸 알게 됐기 때문이지
아름다운 여인과 달콤한 술의 시간도 좋았지만 말이야

100년 된 애국자

둘만 낳아도 애국자인 세상에
딸딸딸딸아들딸아들아들
아홉을 낳은 엄마 소식이 신문에 나왔다
우리 엄마는 이미 오래전
아들딸아들딸딸아들딸아들아들을 낳으시고
그중 다섯을 공무원으로 키우셨다
자식들은 봉급은 받았지만
봉급 말고는 바라는 것 없이
나라와 국민에게
봉사하다 물러났다
출산비 입원비 출산격려금 다자녀 혜택도
축하인사조차 없던 시대
어머니는 자식의 안녕 말고는
아무것도 바라지 않으시고 애국을 실천하셨다
어머니는 애국하는 척하는 정치인의 노인비하 발언 같은 건
귓등으로도 듣지 않으시고 100세가 지나도록
요양원에서 애국을 실천하고 계신다
어머니 덕에 태어나자마자 애국자의 후손이다

있는 거지 없는 거지

개근거지라고 놀려대서 개근이 부끄러운 아이들아
휴거는 하느님한테 선택받은 사람들이
단체로 승천하려다 미수에 그친 사건이었는데
휴먼시아 거지의 줄임말로도 쓰이고 있었구나
주거 엘사 빌거도 있는데
난 자진해서
전거를 택했다
전세거지다

있는 집 애들아
니들
그러면 안 되는 거지

돈 좀 있는 부모한테서 태어났다고
없는 사람 놀리면 안 되는 거지?

돈 좀 있다고 돈 거지?

가난해도 마음이 부자라면 쾌거지?
개근거지는 부러운 거지?
니들은 코딱지만큼 더 가진 거지?

쌩얼

'지식인의 두 얼굴'
'간신의 민낯'이란 책을 읽었다
인간 백정 히틀러 모택동 스탈린은 책벌레였다
뱀이 먹은 물은 독약이 됐다
얼굴의 반을 가리고 사는 요즘
민낯이 부끄러운 가면들이 판을 친다
뻔뻔하게 카메라 앞에서 거짓말을 하고
민낯 위에 페르소나 위에 포커페이스 위에
F94 마스크까지 썼으니
마기꾼 선별 코로나 키트로 어림없다
'민증 까자'는 말 대신 '민낯 까자'가 유행이다

제 4 부

칼국수 신사

졌다

저만치 마주 오는 승용차가
운전석 쪽 뒷문을
활짝 열고 오기에
클랙슨을 빵빵대고
손짓을 해서
겨우 세운 다음
한마디 정중하게
건넸다

"아자씨 뒷문 열렸시유"
그랬더니 그 아자씨 점잖게
또 한 말씀 건네시는데…
"더워서 그랬슈"
말문이 막혔지만
그래도 한마디 했다

"졌슈"

칼국수 신사

할머이
장사 안 해요?
자장가로 빗소리를 틀고
주무시다가
겨우 일어나시며 한마디 하신다
"아이고 허리야 왜 안 혀 허지"
비 오는데 칼국수 어떠냐는
동료의 말을 듣고 찾아간 신성 칼국숫집
삼십 년 전엔 뉴스타 같던 칼국숫집이
될 거라는 포부도 있었으리라 마는
지금은 납작 엎드린 컴컴한 식당이
되어 있는 것이다
시어 꼬부라진 무생채 나물 반찬에
이렇다 할 맛도 없는 칼국수지만
땀 뻘뻘 흘려 가며 맛있게 먹어주고
정말 맛있었다는 립서비스를
10만 원어치 해주고 나온 나는
오늘 칼국수 신사

물고기의 사랑

주고 싶은데
줄 수는 없고
받을 수만 있는 천형
손은 없고
큰 입만 가진 나
죄짓고도
무릎이 없어서
꿇지 못하는
운명
뒷걸음 못하고
질주밖에 못 하는
몸뚱이
뒤돌아볼 수도 없고
움츠렸다 뛸 수도 없는
물고기 같은 사람입니다
회로나 쳐드세요

자동차처럼 눈치 없는 고철 덩어리도
고맙다고
미안하다고
두 눈 깜박여
인사하는데
고맙다는 소리도 못 내고
모양만 소란스럽습니다

시인詩人

詩人은 視人이다
자세히 보는 사람이다
시인은 市人이다
저자에서 시를 산다
시인은 時인이어야 한다
詩적 상태는 時적 상태다
시인은 施人이다
말을 베풀어 보시한다
시인은 侍人이다
말을 귀하게 모신다
시인은 矢人
말을 구부려 시를 쏜다
시인은 始人
오늘이 첫날인 사람이다
시인은 嘶人이다
울지 않는 시인이 시를 쓰랴
시인은 翅人
말에 날개 끝에 시를 달아 날린다
시인은 蒔人
말의 씨앗으로 모종을 내 시 농사를 짓고
시인은 兕人
외뿔 가진 소처럼 혼자다

기막힌 이야기

오랜만에 형제자매 한자리에 만나 들었던 얘기
큰누나가 아홉 살 때부터 다 큰 처녀가 될 때까지
전국 열 몇 군데를 다니며
월급도 없이 밥만 얻어먹는 남의 집 식모살이를 하다
도망쳐 나왔다는 것과
전쟁 후 바람막이로 짓고 살던 판잣집은
통째로 들어 옮길 수 있을 정도로 허름했다는
기가 막히는 얘기다

정답 말고 해답

살다보면 빤쓰에 똥 묻을 수도 있다지만
남의 죄를 토사물처럼 뒤집어쓰고
어항 속 물고기처럼
제 눈물 속에서 호소했던 적이 있습니다

그때
친구 종규가 이런 말을 해주었습니다
'세상에 답이 없는 문제는 없어'
섬광이 스쳐 갔습니다

시각장애 상태로 쓰러져 있던 나를
다시 일어설 수 있게 한 한마디
세상에 답이 없는 문제는 없다는 그 말
여전히 스위치는 보이지 않았지만
꿇었던 무릎에 힘을 주고
벽을 짚으며 서게 한 그 한마디
답은 분명히 있었습니다

내가 원했던 답은 아니었지만 말입니다

장마

일 년에 한 번은 큰물이 지나갔다
제방 뚝 이쪽과 저쪽 끝을 꽉 채우고 화난 듯 질주하는 물을
무너지면 어쩌나 하는 두려움으로 둑 위에서 지켜보곤 했다
거칠 것 없던 황토물을 보고 있으면
나도 물에 섞여 떠내려가는 듯
물멀미가 났다
돼지가 산채로 둥둥 떠내려가고
물보다 작은 건 모두 떠내려갈 때
물가에 판잣집 짓고 살던 우리 집에선
육이오 때 버려진 철모를 장대 끝에 묶은 똥바가지로
뒷간 똥을 펐다
똥을 퍼내 똥색 황토물에 흘려보냈다
어머니는 빗물인지 땀인지 눈물인지 모를 것을
머리부터 발끝까지 뒤집어썼다
똥통을 퍼낸 후련함을 다시 똥통에 채우고
그 후련함을 똥으로 비워내며 살았다
낮게 가라앉았던 그 똥 냄새
지금도 빗속에 섞여 내린다

두발자전거

세발자전거는 창피하다고 해서
두 바퀴 달린 자전거를 사줬지
넘어지려는 쪽으로 핸들을 꺾어야 한다는 걸
알려 줬지만
아마 열 번 스무 번 어쩌면 백번 넘게 넘어졌을 거야

넌 겁도 없이
무릎이 까져 빨간 상처에 모래가 박혔어도
금방 안장 위에 다시 올랐다

네가 페달을 밟을 때 나는
너의 뒤에서 안장을 붙잡고
같이 달렸었다

내가 뒤에서 잡고 있던 안장에서
손을 뗀 순간을 기억한다

조금씩 멀어져 가는 자전거를 보며
숨을 헐떡거렸다

넌 저만치 가다가 다시 넘어져
혼자서 자전거를 탔다는 걸 알고 눈을 흘겼지
네가 넘어졌어도 난 웃음이 났다

이제 혼자서 첫 직장에 출근하고
혼자 끼니를 해결하고
차를 운전하는구나

나는 지금도 뒤에서 차가 멀어지는 걸 지켜본다
자전거 안장에서 처음으로
두 손을 뗐을 때처럼

험한 세상

피고인도 아닌데 변명을 해야 한다
검사도 아니면서 추궁을 한다
변호인도 아니면서 실체적 진실에 물을 타고
무죄 주장을 하고 형량을 깎아 달라고 한다
판사도 아닌데 판단을 한다
방청객도 아니면서 야유하고 박수 치고 운다
법정도 아닌데 재판을 한다

누나에게 받고 싶은 것

흰머리 누나한테 받고 싶은 것은
아주 강한 등짝 스매싱
머리카락 삼단 같던 시절
공동수도로
빠께쓰에 물 길어 다니느라
손힘이 세다고 팔씨름도 하자더니
이제 내 등짝을 때려도 아프지 않네
힘이 안 들어가네
젊어서는 등짝에 불나는 것처럼 아프더니
이제는 등을 맞고도
마음이 아프다

형님 바위

산책길을 걸으며 만나는
푸른 이끼 덮인 바위

만날 때마다
인사 한마디 잊지 않고 지나간다
형님 저 지나갑니다

한 곳만 내려다보시는
구레나룻
큰 형님

고개 숙여 인사하면
입이 무거운 형님은
싱긋 한번 웃어주시고
다시 고개를 돌리고

나도 멈춰 섰지 않고
갈 길 가고

백수 오빠

한때 내 꿈은 백수 오빠였는데
이루지 못했다
희고 가느다란 손으로
담배를 피우고
술잔을 들고
글을 쓰거나
널 만지거나 하면서
돈 떨어지면
흰 손 부끄럽게 내미는
그런 오빠
가끔은
조금만 기다려봐
이번에 인천항에 배만 잘 들어오면
금붙이가 문제냐 미제 빤쓰가 문제냐며
부도수표 같은 흰 미소를 보일 오빠
이제 곧 백수는 되겠으나
손보다 윤기 없는 머리가 더 희겠고
검버섯 핀 얼굴과 주름 접힌 손등을
어느 여동생들이 알아주랴

차부상회

허우대 좋던
영감님 먼저 보내고
꼿꼿하던 허리
반으로 접힌 할머니
잰 발걸음만 젊으시다

장사하랴 청소하랴
담배 팔랴 셈하랴
아직도 충청도 넘어가는
버스가 여기서 선다

삼십 년 세월에도
회색 건물은
그대론데
노인만 반으로 줄었다

버스표도 토큰도
사라졌고
세 들었던
노래방 부부도 죽고
다방도 없어졌는데

차부상회 간판은
여전히 차부상회
할머니는 여전히
가게 주인

세월은 막차처럼 가고 안 오는데
정거장이 되어 지키고 계신다

천국행

入國절차,
홈페이지에 접속합니다
입국신청 배너 클릭
약관에 전체 동의합니다
이름 주민등록번호 기입 후 실명확인 클릭합니다
입국원서 작성하고 개인정보 입력합니다
입국원서 제출 클릭
입국안내문확인
AI 입국심사
최대 2주 걸림
(동반입국난민환영)
입국시민 환영회 및 오리엔테이션
이용안내 거주지 배정
天國에 오신 것을 환영합니다
'당신이 올 줄 알았습니다'

똥구멍에 털 날 사람들

시인은 엄살쟁이들이다
무슨 고통이
고독이
어깨까지 들썩이며 울게 한다고
절망에 허덕이고
피를 토한다고
시계 얘긴 하지 않고
시간 얘길 하고
멀쩡한 달과 별과 구름과 바람과 노을과 바다와
나무만 보고도 금세 센치해져서
울다가 웃다가
하여튼
똥구멍에 털 날 사람들이다
안 보면 될 걸 자세히 들여다보고
낭패를 자초하는 사람들
그러다
희망을 슬쩍 보여주고
넘어진 바닥을 딛고 서게도 한다

뚝배의 억울

콜록콜록 캑캑
감기 걸린 그녀의 아침을 차린다
숱하게 얻어먹었으니 정성 한 국자 신의 한수로 떨군다

"목이 칼칼할 테니 배도 하나 깎을게"
추석 선물로 들어온 배에 칼집을 내려는데
"아니 그거 맛없는 뚝배야"

여름내 햇살을 견디며 가지에 매달렸던 보람이
뚝 떨어진다

뚝배는 성이 무뚝이고 이름이 뚝배다
무를 뚝 부러뜨린 맛인가
묵자 자자 하자 됐나 경상도 사나이 맛인가

의리 배짱 다 가진 무뚝뚝배
논두렁 깡패처럼 배를 내밀며 한마디 뚝 떨군다
"배째"

뒤춤

흙 묻은 손도
물 묻은 손도
헹 코 푼 손도
무심히 쓱
쓰으윽
닦고서도 닦은 줄 모르는
바지 뒤춤 같은 사내가 되고 싶었다
쓰윽
능숙해서
알아채는 이도 없고
나도 곧 잊고 마는
넉넉한 바지 허리 뒤춤
누구든
작은 허물쯤
내 뒤춤에
감춰주고
바람 찰 때
오방떡 붕어빵
뒤춤에 감췄다 건네주는
그런 사람이 되고 싶었다
가시방석 같은 사람이 되었다

아무

아무도 없는 집엔 일터에 나갔거나 일거리 먹거리를 구하러 간 식구들이 있다

아무것도 없는 주방 싱크대엔 요리하고 설거지한 사람의 수고가 있다

아무도 없는 운동장엔 먼지 피우며 뛰어놀던 아이들의 빨간 얼굴과 재잘거림이 있다

아무 일 없는 듯 길을 걷는 직장인의 걸음엔 과로의 무게와 실적 스트레스가 매달려 있다

아무 일 없는 상점엔 주인의 채무와 이번 달 내야 할 가겟세가 주인처럼 앉아 있다

아무 생각 없이 웃어 보이는 개그맨 얼굴에 다음 주 코너에서 웃음 자아낼 아이디어 쥐어짜는 괴로움이 있다

아무 일 없이 꼿꼿한 자작나무 밑엔 보이지 않는 뿌리가 대지를 움켜쥐고 버티고 있다

아무 일도 없이 평화로운 군사분계선엔 병사들의 24시간 경계 근무와 전시준비와 긴장감이 있다

아무 일 없이 걷는 밤길에 목격해 줄 폐쇄회로 텔레비전이 있다

아무것도 가진 것 없어 보이는 사람도 칭기즈칸 진시황제 스티브 잡스가 못 가진 목숨을 가지고 있다

아무렇지 않은 일

아무 일 없어 보이는 사람

아무것도 가진 것 없는 사람

아무렇지 않은 사람

아무 데도 없다

풍자와 해학의 알고리즘을 찾아서

– 한상대 시집 『벼름빡 아고라』를 읽고

- 김남권(시인, 계간 『시와징후』 발행인) -

풍자와 해학의 알고리즘을 찾아서

– 한상대 시집 『벼름빡 아고라』를 읽고

- 김남권(시인, 계간 『시와징후』 발행인) -

　한상대 시인의 시는 풍자와 비유, 환유가 넘치는 촌철살인의 시어가 반짝인다. 난해하고 난처한 언어유희로 자기만의 세계에 갇혀 시를 쓰는 것이 아니라 분명한 자기만의 사유로 언어를 가슴에서 빚어내는 것이다. 삶의 행간을 따라가며 사람들의 이야기를 관찰하고 내면의 의심을 끊임없이 탐구하며 직설적이지만 역설의 의미를 담아 때로는 날카롭게, 때로는 웃음이 나오게 솔직한 감정을 쏟아내고 있다. 우리가 캄캄한 어둠 속을 걸어가더라도 한 줄기 빛을 기대하며 발걸음을 옮기는 것처럼, 삶의 흔적들을 진솔한 시어로 투박한 질그릇으로 빚어내고 있다. 시의 본질이 절제된 언어의 이미지라면 한상대의 시는 그런 이미지에 저마다의 색깔을 입혀 독자로 하여금 시의 이면에 채색되어 있는 시인의 빛깔을 읽어내게 하고 있다.

현실을 살아가는 모든 사람들은 각자의 의식 속에 있는 무늬로 누군가에게 자신을 어필하고 있다. 시인은 그런 내면의 무늬를 사유로 녹여내어 언어화하는 작업을 하는 사람이다. 그리하여 시인이 시집을 한 권씩 엮어낼 때마다 자신의 무늬도 하나씩 껍질을 벗는 것이다. 시인의 몸이 끝없이 사유의 옷을 입고 영혼은 벌거벗는 것이다. 그러기 위해서는 끊임없는 독서와 관찰로 별빛을 마주 보는 시간을 이어가야 한다. 이런 과정들을 통해 풍자와 해학, 은유와 역설의 시가 완성되는 것이다.

야생성은 심심찮게 나타나며

인간에게 친숙하다

돈 냄새를 잘 맡고, 귀가 밝아

나의 까치발 귀가를 놓치지 않는다

사고를 쳤을 땐 급 순해진 눈빛으로 날 쳐다본다

잘 짖지만

잘 짖는다고 좋은 개는 아니지

짖을 때도 물기까진 하지 않는다

대개는 아침에 나갔다가 저녁이면 기어들어 온다

간혹 밖에서 자고 소리 없이 들어와 있기도 한다

데리고만 나가면 환장한다

드물게는 나를 보호해 줄 때도 있다

평소엔 충성스러운 편이지만 내가 배신했을 땐

피 튀기는 복수를 각오해야 한다

서열이 나보다 윈 줄 안다

내 기분을 어느 인간보다 잘 알아준다

만져 주면 좋아한다

나를 개 취급한다

- 「개 같은 마누라」 전문

시적 화자는 시인의 상상을 통해 끊임없이 변모한다. '개 같은 마누라'에서도 시적 화자는 개가 되기도 했다가 마누라가 되기도 했다가 그 둘의 관계를 제삼자의 시선으로 지켜보는 누군가가 되기도 한다. 이는 결국 개의 속성을 시적 화자의 속성으로 감정을 이입시켜 그 내면에서 불거지는 갈등과 서사를 풀어내고 있는 것이다. 그래서 슬며시 웃음이 나오면서 고개를 끄덕이게도 되고 내심 통쾌한 마음이 들기도 하는 것이다.

옥수수 삶고

멸치 볶아 먹게 해놓고

후다다닥

까치발 구두에 꿰고

현관문 반쯤 여는

마누라의 머리채를

내 말 한마디가 낚아챘다

등 뒤에 부라자 다 비친다

분홍색 남방에 검은 부라자

속 다 보이는 여자는 별루야

아이 시팔 늦었는데

바빠 죽겠는데

다시 뛰어들어와 옅은 색 브라자 하나

핸드백에 챙겨 넣고 뛰어나가는 등 뒤에

말 한마디가

등을 밀어준다

뒤에서 보면 아가씬 줄 알겠다

안 봐도 훤한 마누라 웃는 입술,

– 「속 보이는 여자」 전문

　마누라라는 말은 말루하抹樓下 또는 마루하瑪樓下가 변한 말
로 이는 신라 시대 왕의 호칭인 정상頂上 또는 머리를 뜻하는
마립간에서 유래했다. 이후에는 상감마루하말루하, 상감마마
로, 더 내려와서는 군왕에 대한 호칭뿐만 아니라 존귀한 사

람의 호칭으로도 쓰여 노비가 주인을 마루하, 말루하 또는 대감마님으로, 부인은 그냥 마님이라 변형되었고, 근래에는 부인을 허물없이 편하게 부르는 말이 되었다. 그런 마누라를 둔 시적 화자는 감히 말루하의 권위에 도전하는 발언을 서슴없이 하고, 더러는 마누라의 개가 되기도 하는 반전으로 현실과 상상의 벽을 넘나든다.

벚꽃 저년

인제군 서화면 천도리 황제다방 강 양 같은 년

헤픈 웃음

사방 흘리고 다녔던 년

누굴 꼬셔 보려고

분칠하고

목젖이 보이도록 웃고 있나

기왕 줄 거

홀랑 벗고 준다던 년

기왕 갈 거

흔적 없이 간다던 년

기다리지 않아도 오고

애태우지 않아도 올 년

지천을 반란처럼 휩쓸고

운동장만 한 빈 가슴 남겨 놓은 년

너 그렇게 갈 줄 진즉 알았다
잘 가라 미친년

- 「벚꽃 유감 2023」 전문

   한 철 피고 지는 벚꽃은 아련한 그리움을 몰고 오는 여자와 같다. 해마다 사월이 오면 남녘으로부터 꽃소식이 바람을 타고 올라온다. 벚꽃의 개화 시기를 보면서 봄이 절정이라는 것을 확인하게 되고, 꽃차례처럼 다른 꽃들도 만개하기 시작한다. 그 연분홍 가슴을 밀고 와서 사내들 가슴을 울렁이게 해놓고 떠난 우리들의 강 양은 지금쯤 모두 할머니가 되어있을 텐데, 세월이 흘러도 추억 속에 남아 있는 그리움은 저물 줄 모른다. 반란군처럼 갑자기 쳐들어왔다가 하룻밤 꽃비를 따라 조용히 사라진, 그리하여 해마다 벚꽃 필 무렵이 되면 한 번씩 사내의 가슴을 훑고 지나가는 미친년은 우리 시대를 살아낸 수많은 사내와 여자들의 자화상이다.

시내버스를 탔는데
교생 선생도 타고 계셨다
앉을 자리가 없어서 중간에 선 채로
한 손엔 가방을 팔에 걸고

한 손은 버스 손잡이를 잡고 있었다

웬일인지 버스가 급정거를 했는데

출입문 계단 옆에 서 계시던 선생님이

중심을 잃고 물건처럼 몸이 버스 앞쪽으로 쏠렸다

생각하고 자시고 할 새도 없이 팔을 뻗었다

무례하게도 내 팔로 선생님의 허리를

휘리릭 감아 안았다가 놓아드렸다

난 다시 버스 손잡이를 잡고 창밖을 봤다

선생님도 말없이 바로 섰다

얼굴이 빨개지셨다는 얘기는 친구들한테 들었다

퇴직하시고 할머니 되셨을 키가 작고

예쁘장했던 교생 선생님의 체중

내 왼쪽 팔이 40년 넘도록 기억하고 있다

- 「왼쪽 팔뚝의 기억」 전문

기억은 전두엽으로만 하는 것이 아니다. 발목으로도 하고 팔뚝으로도 하는 것이다. 파릇파릇하던 시절, 교생 선생님은 늘 설레는 연인과 같은 존재였다. 평소에 말썽만 부리고 장난만 치던 녀석들도 공연히 수줍은 체하고 행여나 자기감정을 들킬까 봐 일부러 빙빙 돌아다니는 게 일상이었다. 만원 버스를 타고 학교로 향하는 길에 버스가 급정거하는 바람에 가

녀린 체구가 쓰러질 뻔한 순간, 왼쪽 팔뚝으로 교생 선생님의 체중을 온전히 받아냈던 순간의 기억은 친구들의 부러움을 살만한 사건이었을 것이다. 기억에서 기억으로 건너가는 삶의 카테고리 한 부분에 지울 수 없는 잔잔한 흔적도 행복한 유산이 되기도 하는 것이다.

작부酌婦와 시시덕거리고 싶다
마누라 몰래 슬쩍한 은가락지 대신 주고
막걸리 받아 마시며
뽀얗게 분 바르고 내 오른쪽에 앉은 너의 가슴팍에다
엉큼한 손 쑤욱 집어넣고 싶다
그러면 너는 기겁을 하며 내 등짝에
스매싱을 날리면서도 싫지 않은 낯빛으로
양은 술상을 젓가락이 부러져라 두드리며
뽕짝 메들리를 연달아 부르고
따라 부르다 나는 잠이 들 것이다
새벽에 눈을 뜨면 너는 없고 속은 쓰리고
문을 열고 마루 위에 서서 마당에다
몸 부르르 떨며 오줌을 갈기다가
하얗게 눈 쌓인 골목길을 나설 것이다
집 나갔던 똥개, 집이라고 웅크리고 기어들어 와
마누라가 집어 던지는 신발짝이며
플라스틱 빠께스를 굳이 피하지 않고 맞다가

이불 속으로 기어들어가 눕는다

지난밤 작부와의

풋 연애를 기억해 내며 혼자 웃다가 잠이 든다

엉덩이가 데는 줄도 모르게 단잠을 자는 동안

꿈속에서 난 또 그 짓거리를 하다가

해가 중천에 뜰 무렵,

장터로 향할 것이다

― 「놈팽이」 전문

놈팽이는 작부와 만나는 순간 수작이 완성된다. 그러면 놈팽이 유전자는 타고나는 것일까? 아니다. 누구나 한 번쯤은 놈팽이가 되고 싶은 것이다. 놈팽이로 놀아 보고 싶은 것이다. 멀쩡한 여자에게 수작을 부리고 싶은 것이다. 아무 일도 하지 않으면서 수작만 부리는 그런 존재, 모든 남자들의 로망이기도 하다. 그런 짓을 여염집 여자와 함부로 할 수 없어서 작부를 찾는 것이다. 남자들이 수천 년 동안 변함없이 하고 있는 로망 실현하기다. 그런데 놈팽이들은 모두 그런 이름도 성도 모르는 작부들의 품에서 고단한 삶의 정체성을 발견하고 위로를 받기도 하는 것이다.

내 이름 白花

분 바른 얼굴이 흰 꽃 같대서 붙은 이름이다

"민증 까면 이점례, 즘녜라고 불렸어

빚지고 싶어지는 사람이 어딨겠냐구 씨팔,

순정 바치고 청춘 바치고 돈까지 바치고 나니까

남은 게 빚뿐이더라."

그것까지 바치고 싶었는데

받는 놈 하나도 없더라

스물아홉이라고 우기는 서른넷

몸은 낡고 마음은 삭았다

똑바로 눕지 못한 채 잠들었던 시간들

오늘 밤 술잔엔 입만 대고 밑에 버릴 테야

새벽이 오면 다들 빠이빠이다

엄마 얼굴… 친구들…

골목골목 지붕 낮은 집들,

꿈속에선 몇 걸음 앞에 보이는 고향이지만

이 꼴로는 못 간다

망할 놈의 도시

스카프 뒤집어쓴 내 모습이

안개 낀 플랫폼 CCTV에서

마지막 행적으로 남겠지만 누가 알아보랴

공장을 다닐 테야

못이 박힌 떳떳한 손으로 엄마 품에 안겨

소리 내어 울어야지

– 「작부酌婦」 전문

백화면 어떻고 점례면 어떠랴, 고단한 삶을 이어갈 말 못할 수많은 사연들을 어찌 다 하소연할 수 있을까? 도시는 여전히 비정하고, 고향은 멀다. 실컷 소리 내어 울어 보지도 못한 채 나이를 먹고 몸은 망가지고 기댈 사람조차 없는 존재가 되어 결국 또 놈팽이들의 손쉬운 먹잇감으로 고단한 생을 마감하게 되는 그 생애를 가늠할 수조차 없다. 가난한 삶의 밑바닥, 그 언저리에서 만난 존재들은 모두 무죄다.

안 되면 되게 하라
특전사 출신 아빠가 써 붙였습니다

하면 된다
해병대 출신 아들이 댓글을 답니다

되면 한다
군대 안 간 딸이 대댓글을 답니다

해보긴 했나
엄마가 덧글을 씁니다

일하지 않았으면 먹지도 말자
교회 다니는 엄마가 써 붙였습니다

많이 먹고 열심히 일하자
아빠가 썼습니다

적게 먹고 조금 일하자
밑에 아들 댓글이 달렸습니다

조금 먹고 많이 싸자
딸이 썼습니다

자기가 먹은 밥그릇은 자기가 씻읍시다
엄마가 싱크대 위에 써 붙였습니다

그 밑에 아빠가 써 놓습니다
설거지도 웃으면서 하면 놀이가 됩니다^^

아들도 그 밑에 씁니다
안 하는 게 더 즐겁습니다

딸이 썼습니다
즐거운 건 양보할게요
- 효녀 -

                              -「벼름빡 아고라」전문

아고라는 모이다, 또는 광장이라는 뜻이다. 고대 그리스의 도시 국가에서 시민들의 일상생활이 이루어지던 공공의 광장, 아크로폴리스가 종교와 정치의 중심지였다면 이곳은 시민의 경제생활과 예술 활동이 이루어지던 장소다. 오늘날에는 공적인 의사소통이나 직접민주주의를 상징하는 말로 널리 사용되고 있다. 요즘은 밥상머리에서도 가족들끼리 얼굴을 보면서 대화하는 것보다 스마트폰만 보면서 묵묵히 밥을 먹는 사람들이 늘어난다고 한다. 심지어 할 말을 얼굴을 보고 있으면서도 카톡 메시지로 한다는 우스갯소리도 심심치 않게 나오고 있다. '벼름빡 아고라'는 가족들의 일상을 통한 소통의 단적인 모습을 보여주고 있으면서도 서로 자신들의 생각을 중심으로 의견을 표현하고 있다는 현실적인 형상에 주목하게 된다.

달달하게 살아보지도 못하고
설탕 안 넣은 커피라곤 생전 처음 마셔봤을 건물주 할머니

딱 한 모금 마셔보고 대번에 한마디를 내 땅바닥에 내뱉었는데
"이런 녜미 쓰그와!!"

'쓰당게, 서브로, 씨구와, 쓰급다, 쓰제이'로는

대체할 수 없는 카페 이름을
욕 같은 할머니의 말 한마디에서 공짜로 쏙 뽑아내

가게 이름으로 걸어 놓고
카페 젊은 주인 부부 달달하게 산다

- 「카페 쓰그와」 전문

　통쾌한 돌직구다. 영어도 아니고 불어도 아니고 순수한 우리말이 이렇게 세련될 수 있다니, 그것도 쓴 커피의 원두 맛을 모르는 할머니의 입을 통해 나온 한 마디로 속이 시원한 통쾌함을 느낀다. "쓰당게, 서브로, 씨구와, 쓰급다, 쓰제이"로는 2% 부족한 욕 할머니의 표현법은 "쓰그와"를 만나 비로소 완성되었다. 평생을 살아온 욕 할머니의 인생도 그랬을 것이다. 달달했던 시간은 잠깐이었고, 나머지 팔 할이 넘는 시간은 쓴 것들의 연속이었을 것이다. 온몸으로 표현하는 맛, '쓰그와'는 그래서 누군가의 삶을 온전히 대변하는 형용사로 대명사로 긴 여운을 남긴다.

　저만치 마주 오는 승용차가
　운전석 쪽 뒷문을

활짝 열고 오기에
클랙슨을 빵빵대고
손짓을 해서
겨우 세운 다음
한마디 정중하게
건넸다

"아자씨 뒷문 열렸시유"
그랬더니 그 아자씨 점잖게
또 한 말씀 건네시는데…
"더워서 그랬슈"
말문이 막혔지만
그래도 한마디 했다

"졌슈"

- 「졌다」 전문

'졌다'는 이겼다의 단순한 반대말이 아니다. 우리의 삶은
살아있는 동안 끊임없이 이기고 지는 싸움의 연속이다. 그런
데 살아보면 이겼을 때의 기쁨은 잠시지만 졌을 때의 순간은
패배감도 절망감도 있지만 시간이 지나면 오히려 이겼을 때

보다 편안해진다. 이긴 사람은 그 자리를 지키려고 전전긍긍하고 언젠가 지고 나면 상실감은 졌을 때보다 훨씬 크게 작용하기 때문이다. 그렇지만 졌던 사람은 계속 도전하며 자신의 부족함을 연마하고 마침내 이기게 되었을 때 이미 졌던 기억을 되살리며 자만하지 않을 것이고 승리의 기쁨에 도취되어 안주하지 않을 것이기 때문이다. 그리고 이 시에서처럼 이긴 사람의 여유보다 진 사람의 여유는 유머와 해학과 풍자를 즐길 줄 아는 것이다. 우리 삶에서 지는 순간을 연습하는 것처럼 아름다운 것이 또 있겠는가.

할머이
장사 안 해요?
자장가로 빗소리를 듣고
주무시다가
겨우 일어나시며 한마디 하신다
"아이고 허리야 왜 안 혀 허지"
비 오는데 칼국수 어떠냐는
동료의 말을 듣고 찾아간 신성 칼국숫집
삼십 년 전엔 뉴스타 같은 칼국숫집이
될 거라는 포부도 있었으리라 마는
지금은 납작 엎드린 컴컴한 식당이
되어 있는 것이다

시어 꼬부라진 무생채 나물 반찬에

이렇다 할 맛도 없는 칼국수지만

땀 뻘뻘 흘려 가며 맛있게 먹어주고

정말 맛있었다는 립서비스를

10만 원어치 해주고 나온 나는

오늘 칼국수 신사

- 「칼국수 신사」 전문

할머니의 칼국수는 비 오는 날 먹어야 제맛이다. 그곳에 가야만 만날 수 있는 멋과 맛이 있기 때문이다. 절대로 휘황찬란할 수 없는 허름한 골목길 끝, 맹물에 칼국수 면발을 넣고 호박, 감자, 파, 마늘만 넣고 끓여주는 삼십 년 전 낮은 지붕 아래 옹기종기 모여 먹는 칼국수란 추억이 절반이다. 요즘처럼 고급스럽게 밑 국물을 내지 않아도 되는 그 심심한 국물에 양념간장으로 맛을 내는 허기를 면하기 위해 밀가루로 끼니를 때우던 시절의 그 맛을 할머니의 구부러진 허리를 보며 먹는 날이란 얼마나 따뜻한 순간인가. 그리하여 그곳에 들른 모든 남자들은 신사 양반이 되어 식당 문을 나설 것이다.

詩人은 視人이다

자세히 보는 사람이다

시인은 市人이다

저자에서 시를 산다

시인은 時인이어야 한다

詩적 상태는 時적 상태다

시인은 施人이다

말을 베풀어 보시한다

시인은 侍人이다

말을 귀하게 모신다

시인은 矢人

말을 구부려 시를 쏜다

시인은 始人

오늘이 첫날인 사람이다

시인은 嘶人이다

울지 않는 시인이 시를 쓰랴

시인은 翅人

말에 날개 끝에 시를 달아 날린다

시인은 蒔人

말의 씨앗으로 모종을 내 시 농사를 짓고

시인은 兕人

외뿔가진 소처럼 혼자다

- 「시인詩人」 전문

시인은 시를 담는 그릇이다. 그 그릇은 늘 청결하고 따뜻하고 아름다워야 한다. 겉으로만 시인입네 과시하고, 이름이 널리 알려졌다고 후배 시인들을 무시하고 독자들까지 무시하는 시인들을 심심치 않게 볼 때가 있다. 정말 절대로 시를 쓰면 안 되는 인격을 가진 사람들이 액세서리를 달 듯 시인이란 호칭을 달고 오만하고 기고만장하는 모습들은 차마 눈 뜨고 봐 줄 수가 없을 정도이다. 스스로 시의 밭에 씨앗을 뿌리고 새싹을 가꾸고 꽃을 피우고 열매를 수확하기까지 농부의 진심이 담기지 않으면 농사에 실패하고 말듯이 시인은 외뿔을 가진 존재로 혼자서 묵묵히 자신의 길을 가며 깨닫고 실천하는 존재가 되어야 한다.

시는 언제나 사람을 향하고 있기에 사람의 본질을 왜곡하는 시인은 시인이 아니다. 시의 허울을 뒤집어쓴 짐승일 뿐이다. 다시 한 번 말하지만 겸손하고 따뜻하고 아름다운 영혼을 가진 사람만이 시를 쓰고 시인으로 불릴 자격이 있다는 사실을 명심해야 할 것이다.

세월이 지나도 시의 정의는 변하지 않는다. 우리가 현재 포노사피엔스 시대를 살고 있다고 하더라도 이천삼백여 년 전에 아리스토텔레스가 인류 최초의 시를 쓰면서 제시한 비유 상징 이미지가 심상으로 그려지는 현상에 대한 의미가 바뀔 수는 없다. 자칫 낯설게 하기라는 명목으로 시의 정의가 무너지고 시의 본질이 훼손된다면 그것은 시가 아니라 그냥 말장

난에 불과할 것이다. 아무도 그 뜻을 이해하기 힘들고 아무도 그림이 그려지지 않는 언어유희만 있다면 겉은 화려한 옷을 입었지만 속은 텅텅 빈 무늬만 사람인 그런 형국에 지나지 않을 것이다.

한상대 시인은 자신의 남은 생을 다하여 이런 시의 정신에 귀 기울이고 경계하며 더욱 빛나는 시의 지경에 도달해야 할 것이다. 그리고 지금처럼 풍자와 해학, 진심을 견인하는 사유로 끊임없이 마음의 행간에 꽃수를 놓는 뜨개질을 멈추지 말아야 할 것이다.

벼름빡 아고라

펴낸날 2024년 3월 11일

지은이 한상대
펴낸이 주계수 | **편집책임** 이슬기 | **꾸민이** 최송아

펴낸곳 밥북 | **출판등록** 제 2014-000085 호
주소 서울시 마포구 양화로7길 47 상훈빌딩 2층
전화 02-6925-0370 | **팩스** 02-6925-0380
홈페이지 www.bobbook.co.kr | **이메일** bobbook@hanmail.net

© 한상대, 2024.
ISBN 979-11-7223-001-2 (03810)